AF363798

(247ᵉ) # CATALOGUE

D'ESTAMPES

ANCIENNES & MODERNES

PORTRAITS

ÉCOLE DU XVIIIᵉ SIÈCLE & COULEUR

CARICATURES, DESSINS

DONT LA VENTE AURA LIEU

HOTEL DES COMMISSAIRES-PRISEURS

Rue Drouot, 5

SALLE Nᵒ 7, AU PREMIER ÉTAGE

LE VENDREDI 20 DÉCEMBRE 1867

A UNE HEURE PRÉCISE

———⁓⁓⁓———

Mᵉ **DELBERGUE-CORMONT**, Commissaire-Priseur,
rue de Provence, 8,
Assisté de **M. VIGNÈRES**, marchand d'Estampes,
rue de la Monnaie, 13, à l'entresol ; entrée rue Baillet, 1,
CHEZ LEQUEL SE DISTRIBUE LE CATALOGUE.

———⁓⁓⁓———

PARIS

RENOU & MAULDE

IMPRIMEURS DE LA COMPAGNIE DES COMMISSAIRES-PRISEURS
Rue de Rivoli, 144.

—

1867

Les Lots pourront être divisés à la volonté du Vendeur.

CONDITIONS DE LA VENTE

Elle sera faite au comptant.

Les Adjudicataires paieront, en sus du prix d'adjudication, CINQ POUR CENT applicables aux frais.

M. VIGNÈRES, dirigeant la vente, se charge des Commissions.

NOTA. Toute commission sans prix fixé ou sans limite déterminée sera regardée comme nulle.

M. VIGNÈRES se charge de faire marquer les prix aux Catalogues des ventes qu'il a faites. Les personnes qui le désirent peuvent s'adresser à lui *franco*.

Plusieurs Amateurs éloignés en ont reconnu l'utilité pour les guider dans leurs Achats sur les valeurs des Estampes.

Les Catalogues des Ventes à faire seront envoyés aux personnes qui en feront la demande *affranchie*.

AVIS. — Nous prions MM. les Amateurs éloignés de ne pas attendre au dernier jour, pour que les lettres arrivent le matin de la vente ; ils comprendront que quelques lettres peuvent se lire, mais de 20 à 50 lettres, c'est difficile.

Choix de Catalogues avec prix.

DÉSIGNATION

ESTAMPES ANCIENNES & MODERNES

1 **Berghem** (d'ap.). Grande Chasse au cerf. — Embarquement. — Ménage hollandais, d'ap. Gérard Dow. 3 p. grand in-fol.

2 **Bourdon** (Sébastien). Sainte Famille et Fuites en Égypte. 20 p. à l'eau-forte.

3 **Boutats**. Massacre d'Henri le Grand par Ravaillac.

4 **Cardon**. Le Ganimède de Rembrandt. Superbe ép. in-fol.

5 **Caylus**. Fac-Simile de dessins de paysages, d'ap. Campagnola, etc. 6 p.

6 **Crespi** (Giosep.), inv. Histoire pittoresque de Bertoldino. 20 p. à l'eau-forte.

7 **Desbœufs** (d'ap.). Extérieur et Intérieur de la nouvelle église Sainte-Geneviève, grand in-fol. 2 p.

8 **Dickinson**. Samuel. — Miriam. 2 p., manière noire.

9 **Dusart** (Corneille). Le Joueur de Violon assis. — Fête flamande; composition très-animée. 2 p.

10 **Eaux-fortes Italiennes**. Guide, Zanetti, Saints et autres. 9 p.

11 **École Allemande** et Flamande Durer Goltzius et autres. 23 p.

12 — D'ap. Rembrandt, Ostade, par Baillie et autres.
48 p.

13 **École Anglaise**. Le dernier Souper, le jeune
Matelot naufragé. Le Christ tenté dans le Désert.
The Encampement et Departure of Brighton.
5 p. in-fol.

14 **École Française**. Jouvenet, Mignard. Poussin,
sujets religieux. 10 p.

15 — D'ap. Lebrun, Lesueur, Vignon, etc. 16 p,

16 — Gillot, Leclère, Apothéose d'Isis, etc. 18 p.

17 **École Française**. Tombeau du maréchal de
Saxe, Batailles de Lebrun et autres. 13 p. in-fol.
et autres Écoles. En tout 24 p.

18 — L'Amitié et autres Sujets familiers, etc. 25 p.

19 — D'ap. Beaudouin, Lancret, Pater, Queverdo
et autres. 20 p.

20 — Têtes de Femmes et autres. 24 p.

21 — Et Bois anciens. 36 p.

22 **École Italienne** d'ap. Carrache, Dominiquin
et autres. 26 p.

23 — D'ap. André del Sarte, Polydore, etc. 5 p.

24 — Vierge, etc., d'ap. divers. 14 p.

25 **Franco**, forma : Grand Conseil. — Cérémonie
avec le doge. 2 p.

26 **Frey** (J.). Le Char du Soleil. — Bacchus et
Ariane. 2 p. d'ap. Guide, grand in-fol.

27 **Frey** (J. de). L'Ange et Tobie. — Le bon Sa-
maritain. 2 p. d'ap. Rembrandt.
— Jacob bénit les enfants de Joseph. — Syndics
de la Halle aux Draps. 2 p. d'ap. Rembrandt.

28 **Hogarth** (D'ap.). Caricature contre les Médecins. Les Perruques, et la Bataille des Peintures. 3 p.

29 **Humblot** (D'ap.). Marche de l'Empereur de la Chine, Cortége, Pêche, Funérailles chinoises. 6 p.

30 **La Ferté** (de), amateur. Divers Paysages gravés, 1758. 39 p. in-4. Très-belles ép., rares.

31 **Lasinio**. La Création. — Le Sacrifice d'Abraham. 2 p. d'ap. le Campo-Santo, à Pise.

32 **Lebrun**. (d'ap.). La Tente de Darius. — La Chute des anges, par Loir. 2 p. Très-grand in-fol., en 2 feuilles jointes.

33 **Negges**. L'Arracheur de dents burlesque des hommes et des femmes. 2 p. Manière noire.

34 Paysages d'ap. Pillement, Perelle et animaux. 43 p.

35 **Pinelli**. Sujets de l'histoire ancienne. 5 p. in-fol.

36 **Piranesi** et autres. Détails et Architecture. 8 p.

37 **Po** (Thérèse del). Vierge et Jésus adorés par saint Jacques et saint François d'Assise. Pièce non mentionnée, d'ap. C. Maratte.

38 **Poussin** (d'ap.). Sainte Famille, le Baptême, la Femme adultère, Bacchanale. 4 p. grand in-fol.

39 — Paysages. 2 p. grand in-fol.

40 — Testament d'Eudamidas, toute marge.

41 — Pyrrhus sauvé. — Coriolan fléchi par sa mère. 2 p. par Audran en 2 feuilles jointes.

42 **Prestel**. Scènes de gueux. 4 p. à l'eau-forte.

43 **Raffet**. Après vous, Sire. Immense lithographie très-grand in-fol., non signée. Cette pièce, sans nom, qui, par sa dimension, doit être très-rare, nous semble du maître par son habileté d'exécution.

44 **Rembrandt** (d'ap.). Baptême de l'Eunuque. — Le grand Copnol. 2 p. in-fol.

45 **Rubens** (d'ap.). Daniel, Descente de croix, Assomption, Serpent d'airain, etc. 5 p.

46 **Téniers** (d'ap.). Vues de Flandres et fêtes flamandes. 4 p. grand in-fol.

47 — Le Berger rêveur, Misères de la guerre, etc. 5 p. grand in-fol.

48 — Les Joueurs de boules, Fête de village, Amusements flamands et autres, d'ap. Ostade. 14 p.

49 **Vouet** (d'ap. S.). Compositions pour plafonds, etc. 5 p.

50 **Weert** (J. de). La Sorcière, le Vieux Buveur qui dort et la Vieille pesant de l'or. 3 p. d'ap. D. Ryckaert. Belles ép., rares.

51 **Weirotter**. Pont rustique. — Chute d'eau. — Ruines de l'Abbaye de Saint-Maur. 3 p. Très-belles ép.

52 Vues de Paris, France et Italie, par J. Silvestre, Martinet et autres. 52 p.

53 **Sujets religieux**, grand in-fol. 24 p.

54 — D'ap. Champagne, Mignard, Le Brun, etc., par Edelinck et autres. 13 p. in-fol.

55 — Saints et Sujets religieux. 12 p.

PORTRAITS

56 **Beisson**. Marat, d'ap. Boze, in-fol. avant la lettre.

57 **Cars**. F.-M. Pouget, femme de Chardin, peintre. M.-A. Slodtz, sculpteur. 2 p. d'ap. *Cochin*.

58 **Chereau**. Madame de Sabran, d'ap. *Vanloo*.

59 **Cochin** (d'ap.). Prault, Sejan et autres. 5 p.

60 — Eugénie ou la Noblesse : c'est Marie-Antoinette près de Minerve qui tient le portrait de Marie-Thérèse. Sup. ép., toute marge.

61 **Cosway** (d'ap.). Mrs. Bouverie. — Lady Theodosia Cradock. 2 charmants portraits de femmes en pied, petit in-fol.

62 **Coutellier**. Louis XVI en manteau, in-fol.

63 **Demarcenay**. Charles V. — Charles VII. 2 p. in-8.

64 **Dupont**. Hussein pacha. — Card. Sterck, par Erin Corr. — Maury, par Godefroy. 3 p. in-fol.

65 **Dupuis**. Anne A.-Ch. Somis, épouse de Carle Vanloo. Charmant portrait in-8.

66 **Edelinck**. Ch. d'Hozier. — Bignon. — F. de Médicis. — Allégorie de Louis XIV. 4 p.

67 **Ficquet**. J.-B. Rousseau. — Vadé. — Voltaire. 3 p.

68 **Gaillard**. Ch. de Beaumont. — J. Languet. 2 p. petit in-fol.

69 **Garé**. Marie Chamand, comtesse de La Valette.
— Scène avec le geôlier après l'évasion de son
mari. 2 p. très-rares.

70 **Guérin** (d'ap. J.). Généraux, ovales, in-8. Kos-
ciusko, par *Josi*. 8 p.

71 **Haid**. Mlle Clairon, rôle de Médée, grand in-
fol., manière noire.

72 **Houbraken**. Marie-Anne, archiduchesse
d'Autriche.

73 **Karcher**. Charlotte Georgine, princesse de
Meklenbourg-Strelitz. Joli portrait in-4, ovale,
bistre. — Marie-Louise, grande-duchesse de Tos-
cane, par Marks. Très-petit portrait. 2 p.

74 **Keating**. Marie-Antoinette en prison recevant
la bénédiction. — Louis XVI faisant son testament. 2 p. ovales, in-fol.

75 **Klauber**. Carle Vanloo, in-fol. Belle ép.

76 **Lebeau**. M. de Sartine, in-8. Très-belle ép.

77 **Le Mire**. Portrait de Marie-Antoinette, entouré
de fig. allégoriques. — Louis XVI et Henri IV,
par Massard. 2 p.

78 **Lepicié**. Cath. Descine, in-fol. — Marquise de
Villette, in-4, par *Lingée*. 2 p.

79 **Macret**. Madame du Chatelet, ovale, in-8.

80 **Masquelier**. La duchesse de Châteauroux,
in-8, rare. Très-belle ép., marge.

81 **Mercoli**. Marie-Thérèse, archiduchesse d'Autriche, in-8.

82 **Michel**. Préville. — Mme Préville. 2 p. in-fol.
avec scènes au bas.

83 **Miger**. Boucher, Pérignon, Punto, Roze. 4 p.

84 **Moitte**. C. J. F. Henaut, d'ap. Saint-Aubin, in-fol., marge.

85 **Muller**. Madame Vigée Le Brun, in-fol.

86 **Nanteuil**. Barberin. — Marillac de Lochon, et autres. 5 p.

87 **Nattier** (d'ap.). Marie-Louise-Thérèse-Victoire. La Pudeur, d'ap. Lattinville. 2 p.

88 **Noel** (Léon). Deux jeunes Princes à cheval, d'ap. Alfred de Dreux. — Le Comte de Paris, enfant, d'ap. Winterhalter. 2 sup. ép. chine, grand in-fol., toute marge.

89 **Rosaspina**. Teresia Bandettinia. Charmant portrait d'ap. Angelica Kauffman, in-4.

90 **Roullet**. Delpech, d'ap. Largillière.

91 **Saint-Aubin**. Buffon, 2. — Duc de Bourgogne. — Gluck. — Montesquieu. — Necker. — Pellerin. — Vorlock. 8 p.

92 **Sayer**. Queen Charlotte. — Duchesse de Devonshire. — Miss C. Spencer. 3 p. in-4.

93 **Simonneau**. Martin de Charmois. — Allégorie de Louis XIV. 3 p. in-fol.

94 **Tardieu**. Maréchal Ney. Sup. ép., marge.

95 **Vanloo** (d'ap.). Marie-Antoinette. — Louis XVI. 2 p. grand in-4.

96 **Wille**. Maréchal de Saxe, in-fol.

97 **Wright**. Amiral Morduenoff, in-fol. Portrait en pied. Sup. ép. sur chine.

116 **Femmes célèbres**. Divers formats. 43 p.

117 **Littérateurs**. Divers formats. 53 p.

118 **Rois**. Louis XIV, en pied et en buste. 29 p.

119 — Henri IV, Louis XIII, Louis XV, etc. 15 p.

120 — Louis XVI et sa Famille. 8 p.

121 — Louis XVI, Marie-Antoinette, ses Enfants, etc. 6 petits Médaillons rares.

122 **Portraits** en manière noire. 12 p. in-4.

123 — In-12 pour illustrer le Siècle de Louis XIV, Princesses, Princes, etc. 35 p.

124 **Portraits Lithographiés**. divers formats. 50 p.

125 — Diverses célébrités, divers formats. 268 p. Sera divisé.

ÉCOLE DU XVIII SIÈCLE

126 **Anonyme**. La Peinture, Sculpture, Poésie et Musique. 4 Sujets à plusieurs figures, jolis costumes.

127 **Bartolozzi**. Le Triomphe de la Vertu, grand in-fol.

128 **Beauvarlet**. Le Testament de Latulipe. Les Adieux de Catin. 2 p. in-fol.

129 **Boilly** (d'ap.). Nous étions deux. — L'Amitié Filiale et autres, d'ap. Mlle Gérard. 6 p. in-fol.

130 **Boucher** (d'ap.). Costumes, Pastorales, Scènes maternelles. 17 p.

PORTRAITS PAR NOMS & PROFESSIONS

98 **Cartouche** dans sa prison, in-fol., rare.

99 **Corday** (Charlotte), en chapeau, in-8.

100 **Cosway** (Maria). — Richard Cosway. 2 p. en bistre.

101 **La Coste**, escroc, fabricateur de fausses loteries, en pied, au carcan, in-fol.

102 **La Voisin**, célèbre empoisonneuse, rare.

103 **Le Pelletier** et **Marat** couronnés. 2 Médaillons en regard.

104 **Mandrin**, chef de contrebandiers, in-4, rare.

105 **Marie-Stuart**, in-8. 2 portraits différents.

106 **Necker**. Pièces allégoriques et portraits. 5 p.

107 **Nestier** et autre Écuyer. 2 p. in-fol.

108 **Racine** et **Rousseau**. 15 p.

109 **Voltaire**. Honneurs rendus. — Chambre du cœur et portraits. 16 p.

110 **Yorck** (le duc d'), à cheval, colorié.

111 **Actrices**. Mlles Colombe. — Duplant. — Raucourt. — Saint-Huberti. 4 p.

112 **Artistes**. Allégories sur la Peinture, Peintres, Sculptures, etc. 34 p. 2 lots.

113 **Députés**. Bailly.—Chapellier. Rabaut et autre. 4 p. petit in-fol.

114 — et Généraux de l'Empire. — Expédition d'Égypte, etc. 66 p.

115 **Ecclésiastiques**. Papes, Réformés. 34 p.

131 **Boucher** (d'ap.). L'Oiseau privé, la belle Cuisinière, la Confidence, etc. 12 p.

132 — Le Matin. — Le Soir. 2 jolies Dames.

133 — Mariage de Psyché et l'Amour, — l'Hiver, — Jupiter et Calisto. 3 p.

134 — Éducation de l'Amour, — Naissance d'Adonis et autres.

135 **Brun** (S.-J.). La Fédération de 1790, exécutée à l'Arc-de-l'Étoile. Bas-relief en frise. Cahier de 4 p. et titre lithog.

136 **Challe** (d'ap.). La Frayeur maternelle.

137 **Chardin** (d'ap.). La Fillette de bon appétit. Jolie pièce toute marge. — La Gouvernante. 2 p.

138 **Chedel**. La Cascade, — le Nid. 2 paysages en hauteur.

139 **Cochin**. Décoration pour le feu d'artifice à Versailles, pour le Mariage de Louise-Elisabeth de France. — Pompe funèbre, à l'eau-forte. 2 p., grand in-fol.

140 **Courtin** (d'ap.). Le Hanneton, Suzanne. 2 p.

141 **Descourtis**. Vues de la place Graslin et autres vues en couleur, par Jeanninet, Guyot, etc. 12 p.

142 **Duflos** et autres. Petits Sujets gracieux, dits Tabatières. 14 p.

143 **Eisen père** (d'ap.). Le Lunetier, par N. Dupuis. Très-belle ép.

144 **Fragonard** (d'ap.). La Fontaine d'Amour, — le Songe d'Amour. 2 p. par Regnault, grand in-fol., toute marge. Très-belles ép.

145 **Gérard** (d'ap. Mlle). La Résolution, petit in-fol.

146 **Godefroy**. Tombeau de Rousseau. — Les Vierges sages, par Delaunay. 2 p.

147 **Gravelot** (d'ap.). Fondation pour marier 10 filles, par Moreau et Huquier. Jolie p.

148 **Greuze** (d'ap.). Le Préjugé de l'Enfance. Très-beau fac-simile en couleur, par Charpentier.

149 — Costumes de femmes napolitaines, etc. 3 p.

150 — Le Fils ingrat, — les Regrets inutiles, — la Vertu chancelante, eau-forte pure. 3 p.

151 — L'heureux Ménage, — l'Exemple d'Humanité. 2 p.

152 **Haid**. Le Château de cartes, — les Éléments, — les Saisons. 8 p., manière noire.

153 — Bonnet d'un goût nouveau. 2 coiffures.

154 — L'heureux Serin, — Figures de femmes et autres. 7 p.

155 **Haller**. Bouts-rimés pittoresques, — Cartes à jouer, formées de figures drolatiques; les cœurs, carreaux coloriés. 12 p. à l'eau-forte et Cahier de texte allemand.

156 **Jazet**. L'Utile et l'Agréable, — les Politiques de village, — Scènes bibliques, d'ap. Martens, avant la lettre. 6 p.

157 **Jeaurat** (d'ap.). La Couturière, par Balechou. Belle ép.

158 **Lancret** (d'ap.). Que le Cœur d'un amant, — Trop indolent Tircis. 2 p. par Silvestre.

159 — Les Éléments en hauteur. 4 p.

160 **Leclerc** (d'ap.). Réjouissance pour le retour de l'Enfant prodigue.

161 **Levasseur**. Bienfaisance du roi Louis XVI.—
Léonard de Vinci mourant dans les bras de
François Ier. 2 p., grand in-fol.

162 **Maradan**. Le premier devoir d'un père. —
Le Serment conjugal. 2 p. d'ap. Senave.

163 **Mechel** (Ch. de). Entrée solennelle et pres-
tation de serment de M. de Vergenne à Soleure.—
Obélisque élevé à Port-Vendre en mémoire de
Louis XVI. 3 p. grand in-fol.

164 **Mondon**. Les plaisirs de l'Hymen.— Le Matin.
2 p.

165 **Moreau** (d'ap.). Vignettes in-4 pour Rousseau,
et commissionnaire, d'ap. Saint-Aubin. 4 p.

166 — Memnon ou l'écueil du sage, par Vidal. Très-
belle ép., marge.

167 **Pièces historiques**. Le Parnasse Français,
statue équestre de Louis XV, à Lyon.—Apothéose
de Louis XVI et sa famille. 3 p. grand in-fol.

168 — Le Monarque bienfaisant, Testament de
Favras et autres scènes de la Révolution. 25 p.

169 **Pierre**. L'Artiste, le Mendiant et autres. 3 p.
Jolies eaux-fortes.

170 **Prudhon** (d'ap.). La Vengeance de Cérès. —
L'Amour réduit à la raison. 2 p., par Copia,
très-belles ép.

171 — La Poésie, Têtes de Cérès et autres, la Grotte,
Abrocome et Anzia. 8 p.

172 **Queverdo**. Scènes de la Vie d'Henri IV. 2 p.

173 **Tanje**. La Fille rusée, d'ap. Troost.

174 **Tomba**. L'École de dessin. Très-belle ép.

175 **Vangorp**. (d'ap.). Le Portrait? — La Lecture?
2 p. avant la lettre. Très-belles ép., marge,
rares.

176 **Vanloo** (d'ap.). Contrat de mariage, par
Lepicié.

177 **Vernet** (d'ap. J.). Le Pélerinage et autres. 4 p.

178 **Vernet** (d'ap. C.). Les Chiens ayant perdu la
trace, par Debucourt.—Les Traîneaux.—Course
en chars.

179 **Watteau** (d'ap.). Le Pénitent, Fêtes vénitiennes
et autres. 4 p.

180 — Le Triomphe de Cérès, par Crespy, grand in-
fol. Superbe ép., toute marge.

181 **Wille** fils (d'ap.). Amusements du jeune âge.
— Conseils maternels. 2 p.

182 Tours de forces, Équilibristes, Jeux de société.
6 p. en forme de frises.

PIÈCES & PORTRAITS EN COULEUR

183 **Pièces en couleur**. Sujets divers. 14 p.

184 **Anonyme**. Le cruel Départ et autres. 3 p. en
couleur.

185 — Aux mânes de J.-J. Rousseau. Jolie p. in-4
en couleur, marge.

186 — La Marchande de dentelles ? Jolie p. en couleur, sans marge.

187 — Sainte Famille, coloriée et rehaussée d'or.

188 — Tentation de Saint-Antoine, ovale en couleur.

189 — Stella et têtes de femmes en couleur. 5 p.

190 — Scènes d'Amants. 2 manière noire coloriées.

191 — Flore et Zéphire. Jolie p. ovale en couleur.

192 — Sumnus, la Réconciliation. 2 p. en couleur.

193 — Le Goût, le Toucher, l'Ouïe, l'Odorat. 4 p. manière noire, coloriées.

194 **Alix.** Jacques Delille, in-fol. ovale en couleur.
— Eugène Napoléon, in-fol. en couleur.
— Le Pelletier. — 'Vialla', par Mme Allais. 2 p. ovales en couleur.
— J.-J. Rousseau. — Voltaire. 2 p. ovales en couleur.

195 **Beljambe.** Bailly, grand in-4 en couleur.

196 **Bonnet.** Scènes de famille. 2 p. en couleur.

197 — Intérieur : Mère et ses Enfants, en couleur.

198 — L'Odorat, d'ap. Eisen. Jolie p. en couleur.

199 **Bonnet.** L'Accord maternel, d'ap. Huet. jolie p.—L'Amant écouté. Belle ép. sans marge.

200 **Bounieu** (d'ap.). La Confiance, la Méfiance. 2 p. en couleur, par Jubier.

201 **Challe** (d'ap.). Quand l'Hymen dort, l'Amour veille, ovale in-fol. en couleur.

202 **Chapuy.** Le comte de Cagliostro, in 4, en couleur.

203 **Darcis.** Le Sommeil interrompu. Jolie p. gracieuse, ovale en hauteur, en couleur.

204 **Debucourt.** Marine, effets de lune et de feu, en couleur.

205 — Minet aux aguets, ovale en travers, en couleur.

206 **Demarteau.** Femme couchée, d'ap. Boucher. Très-belle ép. sanguine.

207 **Duplessis Bertaux**. Fête en l'honneur de la Vieillesse, grand in-fol., coloriée.

208 **Dutailly** (d'ap.). Histoire de Paul et Virginie. 6 médaillons en couleur.

209 **Gautier Dagoty**. Frédéric II. — Louis XV.— Marie-Thérèse. — Maupeou. — Voltaire. 5 p. in-4, en couleur.

210 — Diogène. 2 sujets d'ap. Salvator Rosa, en couleur.

211 **Huet** (d'ap.). La Douceur et l'Amitié enchaînent l'Amour, Paysage, Retour du marché. Jolie pastorale. 3 p.

212 **Mallet**. La Ravaudeuse, scène de mœurs de l'époque, en couleur, rare.

213. **Le Cœur** et autres. Jolies Femmes en buste. 5 p., en couleur.

214 — La Visite au grand-père, d'ap. Smith.

215 **Vanloo** (d'ap.). Vénus au bain, par Benoît et Chaponnier. Ep. coloriée.

216 — Corbeille de fleurs brodée en chenilles, sur satin.

217 **Caricatures**. Saute marquis et toi hypocrite. Belle pièce rare.

218 — La réunion fait la force, en bistre. Belle pièce.

219 — Vive la Danse et le Pas de trois. Très-belle pièce.

220 — La Fée patriote.—La Philosophie et le Patriotisme vainqueurs des préjugés. 2 p.

221 — La Gazette, les quatre Mendiants, 100 livres de rente. 3 p.

222 — M. Pigeon, les Dégraissés donnant la pelle au...dégraisseur et autres. 4 p. Coloriées.

223 — Réponse à l'auteur sur la Bombe, la Bulle du Pape coloriée. Belle pièce.

224 — Les Bienfaits de la petite vérole. — Les Malheurs de la vaccine. 2 p. Coloriées.

225 — Sur Louis XVI, J'en ferai un meilleur usage et je saurai le conserver, coloriée.

226 — Le Calculateur patriote. 20 paye 5, reste 15. Rare.

227 — Sur Law, les Vestales, méthode pour faire prêter serment et autres. 20 p. noires et color.

228 — Il faut faire trois choses, M. Speroni, ah ! Monseigneur. 3 p. coloriées.

229 — Le Sort des artistes, hautes coiffures et autres. 12 p.

DESSINS

230 ANONYME. Portrait d'Antoine-François Desrues, célèbre criminel. Crayon noir, in-4.

231 — Sujets religieux. Gouaches sur vélin, in-8. 7 p. montées sur 2 feuilles.

232 — Allégories sur les frères Mongolfier avec le ballon, différentes compositions, 1 crayon noir, 1 crayon rouge. 2 dessins.

233 — Portraits d'Hommes et de Femmes. Crayon noir sur vélin, genre Visscher.

234 — Portrait de Louis XVI, Cartes de visite, Paysage, etc. 5 p.

235 BAADER, 1760. Portraits de Femmes coiffées d'un bonnet. Aquarelle et autre. 2 p.

236 BOREL, 1790. Nymphe et l'Amour. — Nymphe et Pan. 2 jolies, sanguine.

237 CALLOT (attribué à). Costumes de Seigneurs et Dames. 5, sanguine.

238 DESHAIS. Assemblée des Cornards avec chanson au bas. A la plume et aquarelle, très-amusant.

239 ÉCOLE XVIIIᵉ SIÈCLE. Le Lapin. Jolie composition à la mine de plomb.

240 — Portrait de Femme coiffée d'un bonnet. Joli dessin mine de plomb peut-être par Cochin, médaillon rond.

241 — Thomassin, graveur en pied, crayon noir et rouge. — Costume d'enfant, d'ap. Watteau. 2 p.

242 ESPERCIEUX. Bas-relief pour l'Arc de triomphe. Sépia.

243 GUIDE (d'ap. le). Le Char du Soleil. Joli dessin, plume et encre de Chine.

244 LESSORE (Émile). Le Château de Cartes, scène de famille. Vigoureuse aquarelle.

245 MACÉ. Le Repas du politique. Plume et aquarelle.

246 SÉPIA. Le Nœud de l'Hymenée, jeu d'enfants, le vieux Joueur de guitare. 3 dessins.

247 VINCENT. Costumes de théâtre, 2 chevaliers et danseuse au milieu. Belle aquarelle.

248 WISCHER. Homme de condition coiffé d'un chapeau. Portrait à mi-corps, crayon noir.

Renou et Maulde, imprimeurs de la Compagnie des Commissaires-Priseurs, rue de Rivoli, 144.   8757